獻給我的母樹，她教會我怎麼養育自己的小樹苗。
獻給我的丈夫，我們同屬一片樹冠層。
獻給每一位讓世界變得更美好的科學家。
—— 簡·休斯

獻給伊薇。做你喜歡的事情，持續成長。
—— 茹絲·翰格薇爾德

Exploring 009

小樹苗 從樹苗長成母樹，一段美妙的成長史

Little Sap: The magical story of a forest family

文｜簡·休斯 Jan Hughes　　圖｜茹絲·翰格薇爾德 Ruth Hengeveld　　譯｜黃聿君

字畝文化創意有限公司
社長｜馮季眉
責任編輯｜戴鈺娟　編輯｜陳心方、巫佳蓮
美術設計｜蕭雅慧

讀書共和國出版集團
社長｜郭重興　發行人｜曾大福
業務平臺總經理｜李雪麗　業務平臺副總經理｜李復民
實體書店暨直營網路書店組｜林詩富、陳志峰、郭文弘、
　　　　　　　　　　　　　賴佩瑜、王文賓、周宥騰、范光杰
海外通路組｜張鑫峰、林裴瑤　特販組｜陳綺瑩、郭文龍
印務部｜江域平、黃禮賢、李孟儒

出版｜字畝文化創意有限公司
發行｜遠足文化事業股份有限公司
地址｜231 新北市新店區民權路108-2號9樓
電話｜(02)2218-1417　傳真｜(02)8667-1065
客服信箱｜service@bookrep.com.tw
網路書店｜www.bookrep.com.tw
團體訂購請洽業務部｜(02)2218-1417　分機 1124

法律顧問｜華洋法律事務所　蘇文生律師
印製｜通南彩色印刷有限公司

2023年2月　初版一刷
定價｜350元　書號｜XBER0009　ISBN｜978-626-7200-42-1

國家圖書館出版品預行編目(CIP)資料

小樹苗: 從樹苗長成母樹，一段美妙的成長史／簡·休斯(Jan Hughes)
文；茹絲·翰格薇爾德(Ruth Hengeveld) 圖；黃聿君 譯. -- 初版. -- 新
北市：字畝文化創意有限公司出版：遠足文化事業股份有限公司發行,
2023.02
32 面；22.9X28 公分
譯自：Little Sap
ISBN 978-626-7200-42-1（精裝）
874.5996　　　　　　　111020653

特別聲明：有關本書中的言論內容，不代表本公司／出版集團之立場與意見，
文責由作者自行承擔。

Little Sap : The magical story of a forest family

小樹苗

從樹苗長成母樹，一段美妙的成長史

文／**簡·休斯** Jan Hughes

圖／**茹絲·翰格薇爾德** Ruth Hengeveld

譯／**黃聿君**

小樹苗一家，住在一座古老的森林深處。
小樹苗長在母樹身旁。
母樹在森林家族裡個子最高，也最有智慧。

小樹苗迫不及待，想要快點長成母樹！

春天來了，藍鈴花鋪滿大地。
小樹苗炫耀起她剛長出的嫩葉，
葉子在陽光下，像寶石一樣閃閃發亮。

夏天來了，圍繞著小樹苗的高挺大樹，
用滿滿的綠葉遮住了整片天空。

小樹苗努力向上伸展……
卻還是被籠罩在綠蔭底下。

她會有觸碰到陽光的
那一天嗎？

雨後，小樹苗的朋友——小野菇，
紛紛從濕濕軟軟的土裡探出頭，
跟她打招呼。

小_{ㄒㄧㄠˇ}野_{ㄧㄝˇ}菇_{ㄍㄨ}會_{ㄏㄨㄟˋ}幫_{ㄅㄤ}忙_{ㄇㄤˊ}母_{ㄇㄨˇ}樹_{ㄕㄨˋ}，
輸_{ㄕㄨ}送_{ㄙㄨㄥˋ}甘_{ㄍㄢ}甜_{ㄊㄧㄢˊ}爽_{ㄕㄨㄤˇ}口_{ㄎㄡˇ}的_{ㄉㄜ˙}美_{ㄇㄟˇ}食_{ㄕˊ}
給_{ㄍㄟˇ}小_{ㄒㄧㄠˇ}樹_{ㄕㄨˋ}苗_{ㄇㄧㄠˊ}享_{ㄒㄧㄤˇ}用_{ㄩㄥˋ}。

小樹苗想觸碰天空， 不過……

四十年　　　　　　　六十年

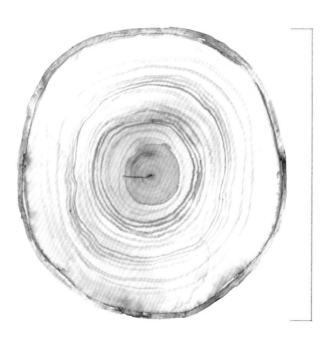

八十年　　　　　　　　　　四百年

樹ㄕㄨˋ木ㄇㄨˋ成ㄔㄥˊ長ㄓㄤˇ的ㄉㄜ˙速ㄙㄨˋ度ㄉㄨˋ非ㄈㄟ　常ㄔㄤˊ　緩ㄏㄨㄢˇ　慢ㄇㄢˋ。

母樹很堅持，長大這件事急不來也快不了。
她教小樹苗怎麼緩緩向上成長。

「小不點，慢慢來……不急不貪快……
挺直身體……朝這邊轉……
觸碰到陽光的日子，一定會到來……
長的速度愈慢，以後就會愈壯碩。」

到了盛夏，森林變得好熱鬧。

鳥兒各自飛向自己最喜歡的枝頭……
松鼠爬上爬下，四處奔跑……
昆蟲唧唧啾啾，一起大合唱……

……還ㄏㄞˊ有ㄧㄡˇ討ㄊㄠˇ厭ㄧㄢˋ的ㄉㄜ蟲ㄔㄨㄥˊ蟲ㄔㄨㄥˊ跑ㄆㄠˇ來ㄌㄞˊ狂ㄎㄨㄤˊ啃ㄎㄣˇ樹ㄕㄨˋ葉ㄧㄝˋ！

小樹苗感覺到，有蟲蟲在啃她漂亮的葉子。
母樹向家族發出警報，同時散發香香的霧氣，
把害蟲通通嚇跑。

秋天來了，森林變得靜悄悄，只見一片橘黃。

樹木甩掉葉片，儲存水和養分，準備休眠，
度過漫長的冬天。

小樹苗努力抓緊葉子，想在秋天離開之前，
多吸收一些陽光。

冬天來了， 白天愈來愈短，
一陣一陣的雪花， 繞著小樹苗飛舞。
這下子， 小樹苗終於安心入睡了。

每年春天到來，小樹苗就離陽光更近一些……
某一天，她抵達了樹冠層，那裡陽光燦爛。

她變成了母樹，
也有了一棵自己的小樹苗。

樹知識小補充

樹家族

在森林裡漫步會看到什麼？一棵棵美麗壯觀到令人屏息，卻又悄悄不出聲的樹木。然而，樹真的沉默不語嗎？其實樹的話很多，只是我們聽不到。想要更了解它們，就要先深入地底──在地表上，樹向世界展現安靜之美，利用葉片製造養分；在地底下，樹可是忙著聊天、分享，甚至還會互相照應呢。

母樹

母樹是森林裡最高大的樹，提供小樹苗養分，同時也照顧其他數以百計的樹木。母樹是怎麼辦到的？借助好朋友「真菌」的力量！

書中森林裡的野菇有點像是樹上的蘋果，是真菌菌落的「果實」，但我們稱為「子實體」。在地底的真菌菌落，利用一條條細長的菌絲，盤據整片土壤，年紀更可高達幾百歲。多虧有它們連繫樹和樹之間的根部，母樹才能跟其他樹分享養分和資訊。

真菌無法自行製造養分，得靠母樹供應；相對的，真菌也會幫母樹運送水、養分和重要消息到整座森林，做為回報。小樹苗照不到充足的陽光，也無法自己製造養分物，母樹就是透過真菌的傳遞來供應小樹苗養分。

德國森林護管員彼得・渥雷本（Peter Wohlleben）曾發現一棵老樹的殘樁，這棵樹本身在幾百年前就被砍掉了，但靠著樹家族幫忙，這棵殘樁竟然還活著。或許它原本是一棵偉大的母樹！

加拿大森林生態學教授蘇珊・西馬德（Suzanne Simard）研究樹和樹之間如何溝通交流，她發現母樹會透過樹根發出電訊號，引導位於幽暗下木層的小樹苗向陽光生長。母樹照顧數以百計的樹，如此過了好幾百年，在它生命結束時，再由下一代傳承生命的智慧。世世代代的母樹和真菌合作，確保整個樹群大家族得以健康茁壯。

小樹苗的成長

小樹苗持續成長，直到抵達樹冠層。樹冠層的枝葉茂密，是森林的頂端，到了樹冠層，就能沐浴陽光，利用葉子製造養分。然而，樹木的生長速度非常緩慢，有些森林裡的小樹苗，要花上數百年的時間，等到有樹死亡、樹冠層出現空位，才能來到樹冠層。

在本書，小樹苗的成長過程裡，它的母樹會照顧它，幫助它慢慢長大，它的樹幹會愈來愈壯。我們可以從樹幹的年輪判斷樹的年紀，一圈年輪代表一歲，有些樹種甚至可以活上五千歲，長成粗壯無比的巨木。

樹有多神奇

樹不只有家族，還會彼此交易、相互照應，有些科學家甚至認為樹有味覺、嗅覺、視覺、聽覺，而且懂算數。樹木一嘗到某些害蟲的唾液，會馬上散發氣味，警告其他樹木，同時吸引能幫忙的昆蟲前來救援。樹看得見，會朝著陽光方向生長。樹聽得到，能偵測其他樹傳送的訊號。樹甚至會計算春季的暖日天數，決定何時舒展嫩芽。好驚人啊！

樹在地球上生活了幾億年，是我們最古老的夥伴。樹會清淨空氣，供給我們氧氣，幫助我們呼吸。樹能保持環境涼爽，給我們紙、木材和果實。我們拿什麼來回報呢？給森林裡的樹家族健康茁壯的機會吧，讓我們一起保護母樹，讓樹木繼續做幾百萬年以來一直在做的事情。

樹語專家

小樹苗和樹家族的故事，靈感來自於眾多生物學家、生態學家、森林護管員和博物學家，他們與全世界分享的研究成果。若想了解更多自然界的奧妙和語言，請見蘇珊‧西馬德（Suzanne Simard）、彼得‧渥雷本（Peter Wohlleben）、莫妮卡‧加利雅諾（Monica Gagliano）、大衛‧喬治‧哈思克（David George Haskell）等學者的著作。